流萤集

［印度］泰戈尔 著
苇 欢 译

青海人民出版社

图书在版编目（CIP）数据

流萤集/（印）泰戈尔著；苇欢译. -- 西宁：青海人民出版社，2021.12
（泰戈尔的诗）
ISBN 978-7-225-06309-6

Ⅰ.①流… Ⅱ.①泰…②苇… Ⅲ.①诗集—印度—现代 Ⅳ.① I351.25

中国版本图书馆CIP数据核字（2022）第049089号

泰戈尔的诗
流萤集
[印度] 泰戈尔 著
苇 欢 译

出 版 人	樊原成	
出版发行	青海人民出版社有限责任公司	
	西宁市五四西路71号 邮政编码：810023 电话：（0971）6143426（总编室）	
发行热线	（0971）6143516 / 6137730	
网 址	http://www.qhrmcbs.com	
印 刷	陕西龙山海天艺术印务有限公司	
经 销	新华书店	
开 本	787 mm × 1092 mm 1/32	
印 张	4.75	
字 数	80千	
插 页	6	
版 次	2022年5月第1版 2022年5月第1次印刷	
书 号	ISBN 978-7-225-06309-6	
定 价	38.00元	

版权所有　侵权必究

拉宾德拉纳特·泰戈尔(1861—1941)
印度世界级诗人,第一位获得诺贝尔文学奖的亚洲人。
代表作有《吉檀迦利》《园丁集》等。

苇欢，原名崔钰炜，生于 1983 年，诗人，译者。著有诗集《刺》，主要译著有《灵魂访客：狄金森诗歌精选集》《爱人：世界经典情诗 100 首》《鱼没有脚》和《孤独是迷人的》。现居珠海。

倾注心灵的深沉与高尚（译序）

应青海人民出版社的邀请，翻译泰戈尔的《园丁集》《采果集》和《流萤集》，深感荣幸。泰戈尔对中国读者来说意义非凡，他真正踏足过这片土地，在战争和殖民年代给予人们精神激励和现代文明启蒙，是带着文化亲切和情感温度的作家。老一辈翻译家冰心、郑振铎、汤永宽等都曾译介过泰戈尔的作品，他们在诗歌普及上的贡献不可磨灭。生活在物质丰盈的当下，人们的阅读环境、方式和趣味都在变化，经典译本的语言也存在陈旧和过时的问题。努力探索与开拓，为新千年的读者呈现更准确、更有活力和更具时代感的泰戈尔，对我们年轻译者来说是一种责任，更是一种追求。

泰戈尔的诗歌具有浓重的浪漫色彩，也渗透着人本主义精神，他轻灵玄妙的泛神论思想更为其诗增添了神秘感。《园丁集》在三本诗集中成书最早（1913年），关乎"爱与生命"，抒情性也是三者之中最强的。全书八十五首散文诗，首首像海绵，吸饱了情感，其中的浓烈与充沛、细腻和迂回令人惊叹。从现代读者的审美出发，过度抒情的文字往往不够简洁，所以我在翻译中更强调神韵，用语尽量精炼、紧凑，以展现诗的节奏和力量。谈及主题，《园丁集》也远不止对青春时期的爱情咏叹，泰戈尔书写了爱的层次与奥妙，但他笔下的爱既广博又深刻，歌颂的不仅是男女之情，还有生命的光辉、人与自然的平等、女性的力与美、故土深情，对真理、自由和智慧的追求，对战争的批判、对和平的向往！这样深沉与高尚的爱是有声的，仿佛鼓点在心头敲响，经久不息。"我要向你喑哑的心灵倾注我的歌，向你的爱倾注我的爱。我要以苦劳崇拜你。我曾见过你温柔的面庞，我爱你悲伤的尘土，大地母亲。"我在这几句诗中听见的不只是泰戈尔，还有艾青，这是多么伟大的合奏！

假如说《园丁集》凸显了泰戈尔的浪漫气质，那么在《采果集》（1916年）中，他更像一位哲人和思想者。《采果集》的语言相对质朴，感情却依然浓烈，饱含对存在、抉择与行动的思考。这种激情并不总是欢腾与乐观,其中也不乏愤懑、悲痛和孤独的谴责,我视之为写作和真实生活之间的互文关系,这也许和1916年前后,泰戈尔在家庭和社会生活中屡受重创有关,或是和他仁爱的天性有关,书中随处可见他的种种痛苦与矛盾。若是从宗教角度理解这本书也未尝不可,奇特之处在于诗人笔下的神没有具体形象,对神的吟咏更像一种自我诘问,也印证了诗人"人神合一"的观点,神恩等同于自我救赎。此外,泰戈尔也善于用象征对神进行投射,深夜出海的船夫和去往神殿祈祷的侍女何尝不是身处风暴中的诗人对真理的坚守?也许神就是真理。

写于20世纪20年代的《流萤集》虽然是一部短诗集,带给我的惊喜与震撼却也最大,我对它的喜爱甚至超越了诺奖作品《吉檀迦利》。书中二百五十七节小诗看似灵光乍现,或是随手从生活中摘取,却蕴含诗人高度浓缩的智慧和思想。《流萤集》不似《吉檀迦利》那样拥有宏大的主题,更加现实和接地气。向外,他展现了对爱、权力、神、孩子、劳作、游戏、回忆、生命、战争、人性、自然等的态度;向内,也表达了深度自省与思辨。《流萤集》的语言现代感很强,不囿于繁复的句式和拘谨的节律,精短凝练,直抵事物本质,爆发力强。

泰戈尔一改往日的多情和敏感，突然变得犀利、深刻，敢于对陈旧的秩序和传统价值观发出挑战。诗人立场鲜明，"世人内心冷漠，只知嘴上祝愿，这是一种暴行，让世界深受其害。"否认和批判只懂耍嘴皮，内心却极度冷漠的看客行为，如同鲁迅在《祝福》中的态度，本质上是警示和劝诫世人拿出血性，不再麻木。

寥寥数笔，难以呈现泰戈尔的精深与渊博，我感恩今天的自己能通过翻译这样庄严的方式跨越时空，与我尊崇的大师进行心灵的沟通。记得有一天，我正沉浸于翻译，大脑里跳出一个奇怪的念头，泰戈尔化身为金庸笔下的大师风清扬，倚在大石上，捋着胡子向我发问："你这小孩，译我的诗能行吗？"我当时愣住了，直到此刻才有答案，想必读者也会有自己的答案，我期待听见回声。

苇　欢

2022 年 3 月 28 日于珠海

小序

如下文字源于中国和日本之行。
在那里,作者曾应邀
在扇面和丝绸上题写诗文。

拉宾德拉纳特·泰戈尔
1926年11月7日
巴拉顿菲赖德,匈牙利

1

我的幻想是一群流萤——点点生命之光在黑暗中闪烁。

2

路边的三色无法用其声音吸引淡漠的目光,便低声吟念起断续的诗句。

3

在思想沉寂而黑暗的洞穴里,梦用白日的篷车遗落的碎片筑巢。

4

春天催开遍地繁花,并非为明日的硕果,而是兴之所至。

5

欢乐挣脱大地沉睡的束缚,涌入无数绿叶之中,整日在空中舞动。

6

当我的作品因其深刻而沉淀,我的言语纵然微不足道,也能踏着时光的浪花翩然起舞。

7

心灵隐秘的飞蛾生出纤薄的翅膀,在黄昏的天空下作别飞去。

8

蝴蝶清点的不是年月,而是瞬间,它的时间绰绰有余。

9

我的思想如火花,乘着惊奇的翅膀,带着笑声飞走。

10

树木满怀爱意凝望自己的丽影,却永远无法抓牢。

11

让我的爱像阳光环抱着你,也给你灿烂的自由。

12

日子是缤纷多彩的泡沫,漂浮在深不可测的黑夜之上。

13

我的奉献太过羞怯,不敢要求你的铭记,你却因此牢记于心。

14

假如我的名字是个负担,就把它从礼物中删去,但请留下我的歌。

15

四月像个孩子,用花朵在大地上写下象形文字,然后抹去,遗忘。

16

记忆,你这女祭司,杀死现在,把它的心祭献给逝去的往昔。

17

孩子们从圣殿肃穆的幽暗中跑出来,席地而坐,上帝看着他们嬉戏,忘了祭司。

18

我的心灵被畅流的思绪中点点灵光激发,正如小溪突然因为它流淌的音符而雀跃,一个永不重复的音符。

19

山中,宁静涌动不止,探索它自己的高峰;湖上,波澜归于平静,沉思它自己的深邃。

20

临别的黑夜在黎明紧闭的双眸上留下一吻,化作晨星之光。

21

少女,你的美如同尚未成熟的果实,汁液饱满,怀着倔强的秘密。

22

失忆的悲伤犹如喑哑黑暗的时光,不闻鸟鸣,只有蟋蟀声声。

23

偏执试图把真理牢握在手中，不想竟捏死了它。

为了给一盏胆怯的灯鼓劲，伟大的黑夜亮起她的群星。

24

天空想把大地新娘拥入怀中，却有着云泥之隔。

25

上帝寻找战友,并索要爱,魔鬼寻找奴仆,索要臣服。

26

泥土把树拴牢,作为侍奉她的回报,天空无所要求,任它自由自在。

27

不朽的宝石夸耀的并非它久远的历史,而是夺目的瞬间。

28

孩子永远栖居在永恒岁月的奥秘中,不因历史的尘埃而黯然失色。

29

万物足音中的一声轻笑,载着万物飞越时空。

30

清晨,远方的人向我走来,当黑夜将他带走,他却离我更近。

31

当白夹竹桃和粉夹竹桃相遇,尽管彼此腔调不同,却不妨碍一处作乐。

32

当和平兴冲冲地扫除尘埃,便是一场风暴。

33

湖水卑微地卧在山脚下,面对满山的顽石含泪求爱。

34

神的孩子在乏味的云彩和瞬逝的光影中嬉笑。

35

微风悄声问莲花,
"你的秘密是什么?"
"是我自己,"莲花说,"一旦被偷走,我就会消失!"

36

风暴的自由和树身的桎梏催生出枝条摇曳的舞蹈。

37

茉莉对太阳欲说还休的爱都在花朵里。

38

暴君宣称自由是为了消灭自由,自由只为他一人所有。

39

神厌倦了天堂,转而羡慕人类。

40

云是雾做的山,山是石做的云——一个时光梦境中的幻想。

41

上帝期待他的神殿以爱搭建,人类带来的却是石块。

42

我用我的歌触摸上帝,就像山丘用瀑布触摸遥远的海。

43

光在和云的对抗中找到她色彩的宝藏。

44

今日我的心笑对它昨夜的眼泪,正如雨后一棵潮湿的树在阳光下闪光。

45

我感谢过赐予我生命累累硕果的林木,却忘了铭记那使之长青的小草。

46

独一无二是虚无的,他者赋予其真实。

47

生命的谬误恳求仁慈的美调和它们的孤独,使其融入整体。

48

他们感恩被拆除的巢穴,因为笼子精美又坚固。

49

我用爱为你的存在偿还我无尽的债务。

50

小池从百合背后的黑暗中献出它深情的诗,太阳报之以赞美。

51

你对伟人的污蔑是轻慢的,
会伤及自身;
你对弱者的中伤是卑鄙的,
会伤及受害者。

52

大地初绽的花朵在邀请一首歌的诞生。

53

黎明——那五彩的花朵——凋谢了，才能结出质朴的光果——初升的太阳。

54

怀疑自己智慧的肌肉会极力扼住哭声。

当我的作品因其深刻而沉淀,我的言语纵然微不足道,也能踏着时光的浪花翩然起舞。

My words that are slight may lightly dance upon time's waves when my works heavy with import have gone down.

我的奉献太过羞怯,不敢要求你的铭记,你却因此牢记于心。

My offerings are too timid to claim your remembrance,and therefore you may remember them.

55

风暴欲带走火焰,却将其吹灭。

56

生命的游戏迅疾如风。生命的玩具逐一被淘汰,被遗忘。

57

我的花朵,别在愚人的扣眼里寻找天堂。

58

我的新月,你起得这样晚,而我的夜鸟一直醒着向你问候。

59

黑暗是蒙着面纱的新娘，默默等待漂泊的光重回她的胸怀。

60

树是大地对天空之耳漫长的倾诉。

61

每当我嘲笑自己,自我的重负便会减轻。

62

弱者也是可怕的,因为他们在拼命佯装强大。

63

大风从天上吹来,船锚不顾一切地攀住泥土,我的船则用胸膛反复撞击着锚链。

64

死的精神是一,生的精神是多。

上帝死去,宗教归一。

65

天空的蓝渴望大地的绿,风在天地之间慨叹:"唉!"

66

白昼的痛苦被它自身的光芒遮蔽,却在黑夜的繁星中熊熊燃烧。

67

群星在初夜彼此簇拥,怀着敬畏默默感受她那不可触及的孤独。

68

云彩对落日倾尽所有的金色,只用一抹浅笑迎接初升的月亮。

69

行善者得进庙门,爱人者得入圣殿。

70

花朵啊,请怜悯这只小虫,它不是蜜蜂,只不过爱得莽撞,平添了烦恼。

71

孩童在恐怖凯旋后的废墟上为他们的玩偶盖房子。

72

灯盏在长日的冷遇中等待黑夜火苗的亲吻。

73

羽毛慵懒地躺在尘埃里,心满愿足,忘了它们的天空。

74

独放的鲜花不必羡慕丛生的荆棘。

75

世人内心冷漠,只知嘴上祝愿,这是一种暴行,让世界深受其害。

76

当我们为生存的权利付出一切代价,便能获得自由。

77

你一时不经意的馈赠,像秋夜的流星,引燃我生命深处的火焰。

78

信念在种子的心中守候,承诺带来一个生命奇迹,尽管无法即刻证实。

79

春天还在冬天门外迟疑不决,芒果花却赶在花期之前鲁莽地奔向他,迎来自己的死期。

80

世界是变幻无常的泡沫,漂浮在静寂之海上。

81

遥望的两岸将彼此的声音交汇成一曲深不可测的泪歌。

82

如同海纳细流,劳作总在悠闲之时收获圆满。

83

我在路途中流连,直到你的樱花凋落,我的爱人啊,杜鹃花却为我捎来你的宽恕。

84

你那含羞的石榴花蕾,今日在面纱下红了脸庞;在我明日离去之时,它必将绽放热情之花。

少女,你的美如同尚未成熟的果实,汁液饱满,怀着倔强的秘密。

Maiden, thy beauty is like a fruit which is yet to mature, tense with an unyielding secret.

山中,宁静涌动不止,探索它自己的高峰;湖上,波澜归于平静,沉思它自己的深邃。

In the mountain, stillness surges up to explore its own height; in the lake, movement stands still to contemplate its own depth.

85

权力笨手笨脚捣坏钥匙,只好动用锄头。

86

诞生是由黑夜的神秘步入白昼更伟大的神秘。

87

我的纸船只想在时光的清波上起舞，不为抵达任何港口。

88

漂泊的歌从我心中飞出，想在你爱的声音里觅巢。

89

危险、怀疑和否定如同汪洋大海,把人类确信的小岛团团包围,激发他向未知发起挑战。

90

爱的宽恕就是惩罚,它用骇人的沉默伤害美。

91

你孤身独处,没有报偿,因为他们畏惧你伟大的价值。

92

在无边的曙光中,同一个朝阳在崭新的大地上重生。

93

上帝的世界因为死亡焕然一新,巨人的世界被自我的存在碾碎。

94

埋首于尘土的萤火虫从来不知天上有星辰。

95

树木今日依旧繁盛,花朵却已老去,它带来远古种子的讯息。

96

每一支玫瑰带来的问候都来自那朵开在永恒春天的玫瑰。

97

我劳作的时候,上帝赐予我荣耀;我歌唱的时候,上帝赐予我爱。

98

我今天的爱在往日被爱遗弃的巢穴里无处容身。

99

痛苦的烈焰为我的灵魂勾勒出一条光明大道,穿透她的悲伤即就可抵达。

100

小草历经无数死亡的劫难,比高山更长寿。

101

你从我的指尖消失,留给蓝天一道若有似无的触痕,留给清风一个无形的影像,在阴影中出没。

102

春天怜惜树上的枯枝,留下一个吻,随着孤叶上下翻飞。

103

天空在花园里投下的影子默默爱着太阳,花儿猜出秘密,笑而不语,唯有叶子在低诉。

104

我从未在天空中留下翅膀的痕迹,却欣喜于我已经飞过。

105

树丛间闪烁的流萤让群星为之惊叹。

106

山峰看似被薄雾击败,实则岿然不动。

107

玫瑰告诉太阳:"我会永远记住你,"话音刚落,花瓣便堕入尘土。

108

高山是大地对遥不可及的上苍做出的绝望的手势。

109

虽然你的花刺扎痛了我,哦,美,我依旧心存感激。

110

世人皆知,少胜于多。

111

别让我的爱成为你的负累,我的朋友,它会自己偿付代价。

112

黎明在黑暗的门前抚琴,当太阳升起,她便消失无踪。

113

美是真在完美的镜中端详自己时现出的微笑。

114

露珠对太阳的见识拘于它自身微小的球体。

为了给一盏胆怯的灯鼓劲,伟大的黑夜亮起她的群星。

Wishing to hearten a timid lamp great night lights all her stars.

当和平兴冲冲地扫除尘埃,便是一场风暴。

When peace is active sweeping its dirt,it is storm.

115

孤独的思想飞出世世代代荒废的蜂房,在空中弥漫,它们在我心头嗡唱,寻找我的声音。

116

沙漠被囚禁在它无边的贫瘠之中。

117

我看见空气无形的舞蹈,当树叶片片颤栗,我看见天空隐秘的心跳,当它们片片闪烁。

118

你像一棵开花的树,惊讶于我对你天赋的赞美。

119

大地的祭火遇群树燃起烈焰,鲜花如火花般四溅。

120

森林是大地的云彩,托起沉默献给天空,高处的积云报之以大雨,震耳欲聋。

121

世界用图景与我交谈,我的灵魂以音乐回应。

122

天空把无数星辰当作念珠彻夜拨数,以纪念太阳。

123

夜晚的黑暗,像痛苦一样喑哑;黎明的黑暗,像和平一样寂静。

124

骄傲把蹙起的眉头刻入石块,爱则献出鲜花以示投降。

125

谄媚的画笔为迁就狭窄的画布,削减了真理的尺寸。

126

山峰向往遥远的天空,期盼自己像云一样,心怀永无止境的追求。

127

为了给自己泼洒墨水正名,他们将昼夜颠倒。

128

当善有利可图时,利才对其展露笑颜。

129

泡沫在膨胀的傲慢中质疑大海的真实,大笑着破灭。

130

爱是永恒的谜题,因为没有谜底。

131

我的云在黑暗中悲伤,忘了遮蔽太阳的正是它们自身。

132

当上帝向人类索要礼物,人类才发现自己富有。

133

你留下记忆,如同火苗燃亮我离别的孤灯。

134

我本为你献出一枝花,你却想拥有整座花园,那就归你所有。

135

相片——阴影珍藏的一段光的记忆。

136

对太阳扮鬼脸轻而易举,他在自己的光芒里无处藏匿。

137

即使爱被道破也依旧是秘密,唯有恋人知道他身在爱中。

138

历史慢慢掩盖它的真相,却又急于在痛苦深刻的忏悔中让它艰难地复活。

139

我的工作酬劳是每日挣得的工钱,我的最终价值却要等待爱去实现。

140

美知趣地说:"够了",野蛮却吵吵嚷嚷索要更多。

141

神乐于在我身上看见博施济众的自己,并非仆人。

142

黑夜与白昼相合而鸣,弥雾的清晨却纷扰不宁。

143

当玫瑰饱绽的时候,爱是美酒,——当花瓣凋落,饥肠辘辘的时候,爱是食物。

144

生在异土的无名之花对诗人说:"难道你我本是同根,我的爱人?"

风暴的自由和树身的桎梏催生出枝条摇曳的舞蹈。

The freedom of the storm and the bondage of the stem join hands in the dance of swaying branches.

暴君宣称自由是为了消灭自由,自由只为他一人所有。

The tyrant claims freedom to kill freedom and yet to keep it for himself.

145

我敬爱神明的能力源于他赐予我否认他的自由。

146

我那走调的琴弦因为羞愧痛苦地呼喊,乞求音乐。

147

虫认为人不以书为食既怪异又愚蠢。

148

阴云密布的天空,仿佛神圣的悲伤在忧思的永恒的额头上布下的阴影。

149

我的树荫留给过路的人,果实留给我等待的人。

150

大地被晚霞映红了脸,像熟透的果实,等待夜的收割。

151

为了创造,光明愿与黑暗成双结对。

152

芦笛等待主人的气息,主人却在寻找他的芦笛。

153

假如笔很盲目,手则虚假,文字必将归于乌有。

154

大海拍拍自己空荡荡的胸膛,因为他没有花朵献给月亮。

155

贪恋果实,错过花期。

156

上帝在星光闪耀的圣殿里等待人类提灯而来。

157

囚禁在树身中的火塑造了花。一旦挣脱束缚,无耻的烈焰便一燃而尽,灰飞烟灭。

158

天空并未布下罗网去捕捉月亮,是她的自由缚住自己。

159

漫天的光芒欲在草叶上的露珠里寻找自己的边界。

160

财富是显耀的重负,福祉是存在的圆满。

161

刀片以其锋利为傲,嘲笑太阳。

162

蝴蝶有闲情赏荷,蜜蜂却无暇于此,忙着蓄蜜。

163

孩子啊,你把风与水的吟唱,繁花无言的秘密,流云的梦想,还有晨空在惊奇中沉默的凝望带进我的心。

164

云中的虹彩固然壮观,树丛中的小蝴蝶却更显奇美。

165

雾霭绕着清晨织网,将其迷惑,令其眼盲。

166

晨星对黎明低语:"告诉我,你只为我而来。"

"是的,"她答,"也为那朵无名花。"

167

天空为大地保留永恒的无垠,让它用梦想搭起自己的天堂。

168

当新月得知自己正以残缺之身等待圆满,或许会报以疑惑的微笑。

169

让夜晚宽恕白昼的错,为自己赢来平静。

170

美在花蕾的幽禁中微笑,在心灵动人的残缺中微笑。

171

你飞逝的爱用翅膀轻轻拂过我的向日葵,不问它是否甘愿献出花蜜。

172

绿叶默默簇拥着花朵,无言便是它们的语言。

173

树木承载它千年的风雨,如同面临一个盛大而庄严的时刻。

174

我不愿为长路尽头的庙宇祭献,只属意于沿途每一处转角意外邂逅的圣地。

他们感恩被拆除的巢穴,因为笼子精美又坚固。

They expect thanks for the banished nest because their cage is shapely and secure.

你对伟人的污蔑是轻慢的,会伤及自身;你对弱者的中伤是卑鄙的,会伤及受害者。

Your calumny against the great is impious,it hurts yourself; against the small it is mean,for it hurts the victim.

175

我的爱人,你的笑如一朵奇花的香气,单纯又费解。

176

当死者的功劳被夸大,死神笑了,他的财富再度膨胀,远远超过他的索要。

177

海岸在叹息,它徒劳地追随那催船渡海的风。

178

真理热爱它的边界,那是它与美相逢的地点。

179

你我的海岸之间隔着汹涌的汪洋,那是激昂的自我,我渴望去跨越。

180

占有权愚笨地夸耀自己的享受权。

181

玫瑰生来并非只为红着脸替棘刺道歉,它有更重要的使命。

182

白昼把金色诗琴献给静默的群星,为永恒的生命弹奏。

183

智者懂得传授,愚者只知打击。

184

在永恒的圆舞中,圆心寂然无声。

185

法官拿别人的灯油和自己的灯光相较,自认公正无私。

186

国王的花环上被囚的花朵在苦笑,当野花对她投以羡慕。

187

高山独自承受积雪的重负,它一泻千里的江河却由整个地球分担。

188

倾听森林为它托身于花朵的自由而祈祷吧。

189

尽管你我相亲,也难免有阻碍,让你的爱将其洞穿,看见我。

190

创造的精神旨在承担与催发游戏的精神。

191

背负沉重的乐器,计量用料的成本,却不知音乐是最终目的,这便是失聪的生命的悲剧。

192

信仰是那感知到光明的鸟,不等破晓便已开始鸣唱。

193

夜晚啊,我带给你白日饮空的酒杯,在你清凉的黑暗中濯洗,迎接崭新黎明的欢庆。

194

山中的冷杉窸窣作响,把自己搏击风暴的记忆调谐为一曲和平的圣歌。

195

当我奋起反抗,神以斗争赐我荣耀;
当我心灰意懒,神对我置之不理。

196

宗派主义者以为自己把整片大海舀进
了私人池塘。

197

畏惧语言的记忆在生命幽暗的深渊里独居。

198

让我的爱在白日的奉献中寻找力量,与黑夜交融的时刻得到和平。

199

生命用草叶向无名之光献上无声的赞歌。

200

在我心中,夜空的星星是为纪念白日凋零的花朵而生。

201

敞开大门,要走的不必挽留,你若阻碍,便无法体面地失去。

202

真正的止境并非抵达极限,而是在无限中追求圆满。

203

沙岸对大海低语:"写给我你浪涛的心声。"

大海用浮沫一遍遍书写,终于带着喧腾的绝望抹去字迹。

204

让你的手指弹拨我生命的琴弦,奏响只属于你我的音乐。

怀疑自己智慧的肌肉会极力扼住哭声。

The muscle that has a doubt of its wisdom throttles the voice that would cry.

死的精神是一,生的精神是多。上帝死去,宗教归一。

The spirit of death is one, the spirit of life is many.
When God is dead religion becomes one.

205

我的内心世界像一颗果实,在岁月中丰盈,在悲欢中成熟,落入原始的土壤,在黑暗中等待下一轮创造。

206

形态经由物质揭示,节律经由力度掌控,意义经由人诠释。

207

有人追求智慧,有人谋取财富,我只愿和你相伴,一路放声歌唱。

208

我的言语像树叶飘落在地,让我的思想如无言的花朵在你的静默中绽放。

209

主啊,我对真理的信仰,对完美的构想,助你创造万物。

210

盛宴结束之时,我将生命的花果给予我的全部喜悦,与爱融为一体,奉献给你。

211

有人思索探寻你真理的意义,他们很伟大;我倾听你弹奏的音乐,我很快乐。

212

树是长着翅膀的精灵,挣脱种子的束缚,在未知中追寻生命的冒险。

213

莲花把美丽献给天空，小草把奉献交予大地。

214

阳光的亲吻催熟绿色果实，令它放弃心中的吝啬，不再紧紧依附自己的茎。

215

火焰与我心头的瓦灯相遇,多么非凡的光明!

216

谬误和真理比邻而居,将我们迷惑。

217

白云嘲笑彩虹自命不凡,空有浮华。
彩虹平静地回答:"我的真实无可辩驳,就像太阳。"

218

别让我在黑暗中徒劳地摸索,让我坚定心中的信念:黑夜终将破晓,真理的显现一目了然。

219

寂静的夜晚,我听见黎明的希望从漂泊中归来,叩响我的心门。

220

我的新爱带给我旧爱永恒的财富。

221

大地凝望着月亮,惊叹于她的一切音乐都蕴藏在微笑之中。

222

白昼好奇地瞪大眼睛,把群星惊飞。

223

哦,天空,我的心灵唯有在自己窗前才能真正与你交融,不在臣服于你的那片无垠的王土之上。

224

人类把上帝的鲜花编成花环,声称自己是花的主人。

225

被掩埋的城市,暴露在新时代的阳光之下,为它失去的一切歌声感到羞愧。

226

一身黑衣的阳光在地下藏身,如同我内心的痛苦早已丧失意义。那千万道光却在春的召唤下掀开面纱,在色彩的狂欢中,在花繁叶茂里一涌而出,如我内心的痛苦突然得到爱的抚慰。

227

我生命虚弱的长笛等待着终曲,如同群星显露之前最初的黑暗。

228

从土壤的束缚中解放,对于树木并不意味着自由。

229

缕缕丝线或断或续,结成生命的绳结,它们共同织就人生的绣帷。

230

我永远无法用言语描摹的思想,总会在我的歌舞中落脚。

231

今夜我的灵魂寄情于一棵树沉寂的心,它在宇宙浩瀚的低语中伫立。

232

大海把贝壳丢弃在死亡的野滩上,——大肆挥霍万物的生命。

233

阳光为我敞开世界的大门,爱的光芒带我览尽世界的宝藏。

234

我的生命像带着音孔的芦笛,满怀希望与收获,由孔隙中吹出斑斓的乐音。

235

别让我对你的感谢剥夺我在沉默中更完整的敬意。

236

生命的理想总是化身为孩子的模样到来。

237

残花为春尽而哀叹。

238

在我生命的花园里,我的财富皆来自那些从未被收存的光与影。

239

我收获的永恒的果实是你欣然接受的那一颗。

240

茉莉深知太阳是她天国的兄弟。

241

久经岁月的光,青春依旧;转瞬即逝的阴影,天生苍老。

242

我感到日暮时分,我将乘着歌声的渡船到达彼岸,看见一切。

243

花丛中穿梭的蝴蝶永远属于我,被我网获的那一只才是我所失去的。

244

自由的鸟啊,你的歌声飞入我安睡的巢,我在梦中展开慵懒的翅膀,飞向云端的光明。

245

我没弄懂自己扮演的人生角色有何意义,因为我对他人的角色无从知晓。

246

花朵褪去一身花瓣,才找到果实。

247

我把歌声留给身后谢了又开的忍冬花和欢悦的南风。

248

当枯叶化为泥土,才与森林合一。

249

心灵总是凭借声音与沉默寻找语言,如同天空凭借黑暗与光明。

250

无形的黑暗吹起长笛,光明的韵律在旋转,汇入星辰与太阳,思想和梦想。

251

只因热爱你的歌声,我才放声歌唱。

252

当沉默者用声音触碰我的语言,我才懂得他,也借此懂得自己。

253

我最后的致意献给那些知我不完美,却依然爱我的人。

254

爱的馈赠无法施予,而是等待对方接纳。

255

死神在我耳畔低语:"你的末日到了。"

让我告诉他:"我一直活在爱里,不曾虚度时光。"

他若追问:"你的歌声会永驻吗?"

我会告诉他:"我不知道,我只知歌唱的时候,我能找到永恒。"

256

"让我点亮我的灯火,"星星说,"别去争论它能否驱散黑暗。"

257

旅程将尽,我祈求在内心深处找到那包涵万物的唯一,让躯壳追随万千浮生,逐着善变的潮流漂远。